Pour Daniel Goldin

Traduit de l'anglais par Isabel Finkenstaedt

© 1999, l'école des loisirs, Paris, pour l'édition dans la collection *lutin poche*
© 1997, Kaleidoscope, Paris, pour l'édition en langue française
© 1997, A.E.t. Browne & Partners
Titre original : « Willy the Dreamer » (Walker Book Ltd)
Loi numéro 49.956 du 16 juillet 1949 sur les publications
destinées à la jeunesse : septembre 1997
Dépôt légal : octobre 2007
Imprimé en France par Aubin Imprimeur à Poitiers
ISBN 978-2-211-05260-3

Anthony Browne

Marcel le Rêveur

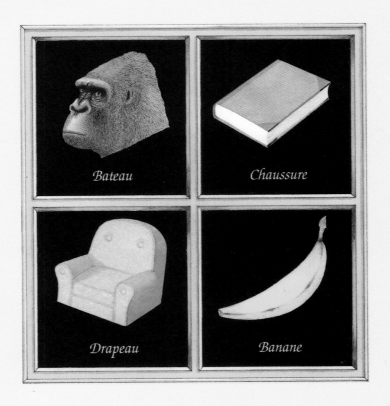

Bateau · Chaussure · Drapeau · Banane

kaléidoscope
lutin poche de l'école des loisirs
11, rue de Sèvres, Paris 6e

Marcel rêve.

Parfois Marcel rêve qu'il est vedette de cinéma,

ou chanteur,

ou sumo,

ou danseur étoile... Marcel rêve.

Parfois Marcel rêve qu'il est peintre,

ou explorateur,

ou écrivain célèbre,

ou plongeur… Marcel rêve.

Parfois Marcel rêve qu'il ne peut pas courir,

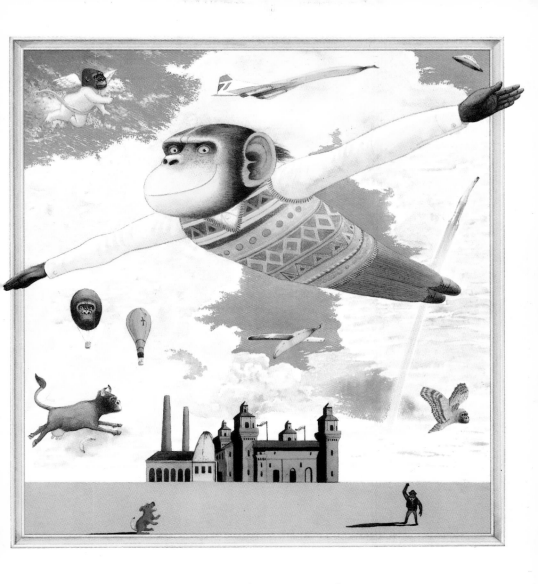

mais qu'il peut voler.

Il est gigantesque,

ou il est minuscule ... Marcel rêve.

Parfois Marcel rêve qu'il est mendiant,

ou roi.

Il se trouve dans un paysage étrange,

ou il est perdu en mer… Marcel rêve.

Parfois Marcel rêve de monstres féroces,

ou de superhéros.

Il rêve du passé

et parfois de l'avenir.

Marcel rêve.